KB249489

우화지풍경

쓰르라미 울어 올때

김백헌(金白軒)

장사치로 잘 먹고 잘 살아온, 법인 대표
인문학 책 출판사 발행인을 팽개치고
마흔 살에 치악산 골짜기에 쳐박혀
도랑물을 손으로 떠 마시며
먼저 살고 있는 나무에게 인사와 안부를 물으며
구년 째 씩씩하게 걷고 있습니다
쉰 살이 되었는데, 뿌리가 줄기되는 사변을 궁리하며
내일이 안 올 것처럼 어제를 잊고 오늘만을 삽니다
1957년 강원도 원주가 고향입니다

쓰라미 울어 울대

1판 1쇄 인쇄 2006년 03월 10일
1판 1쇄 발행 2006년 03월 15일

지은이 / 김백헌
펴낸이 / 박성모
펴낸곳 / 소명출판
출판대표 / 김호영
등록 / 제13-522호
주소 / 137-878 서울시 서초구 서초동 1621-18 (란빌딩 1층)
대표전화 / (02) 585-7840
팩시밀리 / (02) 585-7848
somyong@korea.com / www.somyong.com

ⓒ 2006, 김백헌

값 10,000원

ISBN 89-5626-204-7 03810

우화적풍경

쓰르라미 울어 올 때

김백헌

소명출판

생명과 평화
협동과 자치

4 쓰르라미 울어 울더니

차례

마른 풀의 고백

나도 한때
무성한 이파리 더불어
화들짝 꽃 피웠고

이제, 씨알마저 떠났으니
찌든 몸뚱이
썩을 속내까지 편하다

살 만큼 살았으이

나무들의 질서

정월 이튿날
가랑비 오고, 깜깜해
겨울 골짜기, 밤안개

나무들의 질서가
숲 속에서 뚜벅 뚜벅
기어이 걸어 나와

어쩌다 마주친
수상한 세월이 아니야

가랑잎 쌓이고 쌓인
옹이진 상처 싸매고

뚜벅뚜벅 걸어서 나와

쓰르라미 울어 울더니

전생에

밤새 눈 쏟아지고

이른 아침 샘으로 간
장화 발자국

서산 스님 시 한 수
이마 때리고

아마 나는
헤매 도는 술거렁뱅이였고
당신은 분명 헤진 옷 깁던 비구니였어

전생에

14   쓰르라미 울어 울더니

허허실실

허허실실, 이라고
허접하게 있다가, 넙다

겸손도, 조심도
미시(微視)도, 거시(巨視)도 아닌 가시(可視)

뼛속까지 보여주고
허름하게 다시 돌아와

걱정, 꽉
언 땅에 묻어두시고

꿈

나는, 나는 반 쯤을
죽으며 산다

웃고
우는 새 되어
날아 갈까봐

피고
지는 꽃 되어
스러질까봐

나는, 나는 반 쯤만
죽어서 산다

그렇게 떴습니다

철모르는 겨울비가, 쌓인 눈을 녹이더니
지난밤에 불던 바람, 길 위에서 얼어붙고

산허리를 휘감은 안개
날개 달고 보였다, 숨겼다

아침 해는 그렇게 떴습니다.

좋은 날

해를 가린 구름
송홧가루 날리는 바람
내내 휘파람 부는 새
일하기 딱, 좋은 날입니다

구름 속에 달
더덕 향을 건네는 밤바람
소곤대는 소쩍새
한 잔하기 딱, 좋은 밤입니다

처형이 전한 보드카에 얼음 띄우고
창문 열고 벼름박에 기대어
라흐마니노프 선생, 피아노 소리 듣습니다

손 발 묶인 하루

영하 이십도
모든 게 얼어붙었어

산도 나무도 개울도 우물도
처마 끝에도 연통 끝에도

시동조차 아니 되는 트럭
바람은 쏜 화살 같기만

손 발 묶인 하루
아랫목에서 「바흐」를 듣고
「간디」를 읽다

한 번뿐인 인생

빼곡했던 낙엽송
값어치 없다고
산 주인이 베어냈습니다

트럭타고 떠나는
나무가 전하는 말

"한 번 뿐인 인생이다
치사하게, 비겁하게 살지마라
생선상자, 화목 되어
썩어주고, 불사르마"

말미암아

눈이 오려나
별도 떠났어

별 총총 떠났어
눈 펑펑 오려나

쓰르라미 울어 울더니

꿈꾸는 이

떠나지 못하는
떠나보내지도 못하는
관행도 학습도 이해는 합니다

안개 덮인 도시에 갇혀
들숨과 날숨으로 숨소리 살펴가며
천년 바위 더부사는 이끼처럼

짐작도 합니다

명상과 요가로
작은 세계와
큰 세상을 꿈꾸는 이

얼른, 문 열고 떠나서
떠나보내는 겁니다

나는 새가
빛나는 별자리가
존재로, 직관으로 확연합니다

눈물 나는 별

오줌 누러 나왔다가
담배 한 대 피워 물어

빈주머니
손 찌르고 고개 들면
꼼짝없이 눈물 나는 별

후다닥, 고라니가 달아나
아침에 설운 분(忿)도 사라져

걸었습니다

저물어
아궁이에 군불 지피고
제 잎을 다 털어버린 낙엽송 밭을 지나
햇살을 지고 늘 푸른 잣나무, 소나무 숲으로
마른 개울물을 따라 걸었습니다

아직은
저녁 산책보다 아침 등산이 좋은
마흔 아홉 사내 가슴에
미처 털어내지 못한 미련으로 가득한데
바람 불어 눕는, 억새마저 슬피 웁니다

너무 좋아

동산에 해 뜨는데
서산에 떠있는 달

백창우는 낮달이 슬프다했지
나는야 아침달이 반갑기만

껴안아 줄 만도 했었는데
마주보기도 너무 좋아

어이
엉겨 붙어 한 판 놉시다
가슴 풀어
잊어버리고

채마밭 옆 화초밭

며칠째 묵은 밭에서
돌 고르는 아내를 모르는 체
나 바쁜 척만 했습니다

골라 놓은 돌로 가장자리를 치고
서너 평씩 일궈 놓은 남새 밭뙈기 옆으로
매발톱, 금낭초, 접시꽃이며
둥굴레, 오가피가 가득 심어졌습니다
'채마밭 옆 화초밭'

나는 내일 일찍 일어나
다섯 밭뙈기, 채마밭 옆 화초밭 사이로
엄나무, 산수유, 두릅나무, 층층나무

산 벗나무 옮겨 심겠습니다

작은 것이

진달래, 할미꽃, 제비꽃, 애기똥풀
바위 틈에, 돌담 밑에, 굴뚝 곁에, 개울가에 피었습니다

저마다, 다 다른 살림살이
한 발 무릎 꿇어
저절로 고개가 숙여지고

보았습니다
아름다운 작은 것

32   쓰르라미 울어 울더니

눈꽃

별자리 실컷 보라고
겨울 눈, 내내 소식 없더니
개구리, 새소리가 계절을 열었는데

아닌 밤에
진달래, 뽕나무, 잣나무, 돌탑 위에
눈꽃이 피었습니다

수상한 세월의 징조래도
사모하는 이
보내는 심사로고

봄 눈, 녹는다고
눈꽃도 잠시였습니다

쓰르라미 울어 울더니

아내 가슴에 암이 들었습니다

병원에 다녀온 아내는 말이 없고
나는 어쩌지도 못해
땅바닥에 금만 그어댔습니다

녹음으로 한창이던 숲에서
쓰르라미 울어 울더니
산수유가 발갛게 맺을 때였습니다

수술실을 나온 아내 눈가에
눈물이 고였습니다
나 몰래 흘린 눈물은 모르지만

여태껏 아내 눈물은 처음이었습니다

약물 치료하면서
빠지는 머리카락이 거슬린다며
비구니처럼 깎고, 털모자를 썼습니다

느닷없던 소식이 벌써 일 년이 넘어
아내는 상고머리를 하고
챙 있는 모자를 쓰고 있습니다

내가 숲으로 가자했을 때
밭 갈아주면 나락 심고
맘껏 화초 심겠다며
먼저 이삿짐을 챙기던 아내였습니다

한 달 전부터
돌담 위에 높게 낮게
여러 개 돌탑을 쌓았습니다

돌이 있는 한 돌탑을 쌓겠습니다

그러니까

그러니까
바깥출입을 삼가한 지
이년 반 쯤 된 것 같습니다

이를테면
지 아내가 중병에 걸렸는데
싸돌아다닌다는 이목과
눈총 때문만은 아니었습니다

쓸데없이 바빴던
세월에 대한 반성이고
바람 불면 눕는
들풀에게 배우는 고백이라며
주저앉아 땅을 친들
이미 스쳐간 바람이었고
벌써 흘러가버린 개울물이었습니다

아내는 재수술을 받고
비구니처럼 또
머리를 깎았습니다

한 달에 한 번
비위를 트는 약물주사로
시나브로 야위어만 가는데
나는 여전히 어쩌지 못하고
아내 웃기기에 골똘합니다

남자가 아픈 건 하늘의 뜻이고
여자가 아픈 건 남자 탓이라며

그림자 나무

고기를 안 먹는 아내가
비계 붙은 돼지고기 듬뿍 넣어
큰 냄비로 김치찌개 끓여 놓고
병원으로 갔습니다

피검사, 혈소판 검사 후
환자 옷으로 갈아 입고
예의 그 검정보에 가려진
항암 주사를 힘겹게 맞을 겁니다

뉘우스에서
대관령에 칠십 센티미터 폭설주의보
제 사는 영서 산방엔 대설주의보

그런데 지금 밖에는
점심부터 지리한 가랑비가
겨울 가뭄을 적시고 있습니다

아내는 병원 침상에서
지겨운 링거 꽂고
무슨 생각할까요?

시려운 엉덩이

편찮은 어르신도
어린 아이도 없어서
집 안에 변소를 안 들였습니다

오줌 똥만 잘 간수해도
농사에 보탬은 물론이고
우선 개울물이 안심되었습니다

밭에서 골라 낸 돌로 벽을 쌓고서
참나무를 뽀개서 지붕을 이었습니다

아내와 둘이서
한 일 년쯤 걸렸는데

흠이라면
엉덩이가 좀 시렵습니다

마음만 앞서서

돌담을 쌓았습니다.

두 달 전부터 돌담을 쌓았습니다.

간신히 들어 밑돌을 놓고
잔돌과 흙으로 뒤를 채우며
생긴 대로 쌓아가는 재미가 있습니다

그저께는 이른 아침부터 무리를 해선지
잠자리 전에 부항을 등짝에 깔았습니다

'마음만 앞서서……'
들릴락하는 아내 핀잔이 섭섭했지만
아니 들은 척 창문 너머로
돌담 쪽을 바라보았습니다

어제 하루 쉬고
오늘은 땀날만하게
석 자 높이로 한발 쯤 쌓았는데
쌓을 길이를 미리 셈 해보니
삼년은 쉬 걸릴 것 같습니다

마음만 앞서서 될 일이 아닙니다

따지고 보면
아내는 틀린 말을 안 하는 것 같습니다

답답한 저는

제 아내가 십여 년 그랬습니다.
속으로만 담지 말고, 말로 좀 하라고

작년인가, 생각을 고쳐먹었습니다.
'당신, 모자가 잘 어울리는데'
'아유, 국물 맛이 그만이야'

요즘 아내는
제 말을 건성으로 들으며
입으로만 하지 말라고 합니다

답답한 저는
처마 밑 겨울 낮볕

댓돌에서 조는 개에게 물었습니다.

몸 가는 데 마음 가고
마음 가는 데 몸 가기가
그리 쉬운 노릇이 아니라는 눈치였습니다

술안주로 남은 과메기 주었더니
날름 물고 가버렸습니다

다, 타버렸습니다

아랫목에서 꼼지락거리고 있는데
홍합을 가스 불에 앉혔다고, 불 좀 보라며
밭으로 나가면서 아내가 신신당부했습니다
"알았어요
알았다니까"

탄내가 난다며
부리나케 부엌으로 뛰는 아내
아차 싶었습니다

물 쏟아지는 소리
그릇 덜그덕거리는 소리

나는 슬그머니 마루를 데리고
귀 때리는 바람 비켜서
오후 산책을 나섰습니다

"다, 날씨 탓이야……."

걷고 걸었습니다

바깥바람 쏘이자고
챙겨 입고 아내가 먼저 나섰습니다

얼어붙은 길바닥
좋아라, 미끄럼도 타보고
어정쩡, 미끄러도 져보고

씽씽 부는 산바람
아내와 동행한 산길에서
한참을 걷고 걸었습니다.

앓는 소리

잠결에 앓는 소리
바로 앉아 고개 든다

건넛방으로 도망 못 가고
뚫어져라 천장 쳐다본다

차라리 무너져버리고
다시 쌓을 수 있다면

아니야, 아니지
앓는 소리까지 고마워해야지

게으른 농사

이른 아침부터 고추모 심다
도랑에서 대강 씻고
늦은 저녁을 먹었습니다

오금이 저리고 목덜미가 뻣뻣한 것이
나이 탓이 아니라, 해가 긴 탓이라고
고봉밥을 김칫국에 말아 먹으며
연신 고갯짓을 해댔습니다

남들은 벌써 콩밭 가는데
이제야 부지런을 떤다고, 농사는 때가 있다며
물그릇 놓고 가는 아내 말에 대꾸도 못했습니다

물 한 그릇 들이키고 마당으로 나섰는데
앞산 위로 커다란 달이 떴습니다

시원한 밤바람도 좋았습니다

밤이 깁니다

어쩌다가
위성방송 수신 값이 밀렸는데
누군가 원격으로 꺼버렸습니다

이참에 텔레비전 끄자는 아내 설득에
마지못해 끄덕였더니
해 지고 달 뜨면 적막강산입니다

책 보면 정신 사납고
글 쓰면 마음 심란해서
손 발 부지런히 애쓰고 있습니다

만고강산
밤이 깁니다

뭐 할 건데요?

세상에 공짜 없습니다

거져 먹으려 들지 말고
제 밥 스스로 차려 먹고
남의 밥그릇 손대지 마시기를

덜어 내는 거, 쉽지도 않지만
넘치는 거, 탈나기 십상입니다

그거,
뭐 할 건데요?

비오는 날 해 뜨고

땅 속에, 바다 깊이 관 박아
석유 뽑아 씁니다
물 뽑아 먹습니다

고로쇠나무, 자작나무에 홈파서
호스 끼워 물 빼 먹습니다

사십센티 케이지에 서너마리 가두어
밤새 불 밝히고
항생제 탄 물로 전염병 예방하고
알알이 거둬들입니다

위가 네 개인 소에게
뼈다귀 갈아 사료에 섞어 먹이고
그 젖을 말려, 통에 넣어
아기 입에 빨립니다

비오는 날, 해가 뜨고
제 꾀에 자빠질 날 올 겁니다

삽 끝을 세우고

저문 밭고랑 끝에서
참았던 오줌을 누고
비 올 것 같은 바람 맞으며
삽 끝을 세우고
어두워질 때까지 서 있었습니다

후두둑 떨어지는 빗소리
얼른 장독대 항아리 덮고
호미 챙겨서 처마 밑으로 피했습니다

골짜기로 퍼지는 저녁 안개
군불 때는 굴뚝 연기가
처마 물 떨어지는 소리까지

심란한 하루였습니다

내일은
아침부터 비 왔으면 좋겠습니다

바람이 다녀간 것처럼

경칩, 춘분지나 청명인데
어젯밤부터 쏟아지는 눈입니다

눈 치울 걱정하다가
맘 편히 먹고 한 숨 더 잤는데도
더한 기세를 부리는 눈발입니다

현관문을 발로 차서 열었습니다
개집도 덮쳐서 마루는 기척도 없다가
내 발자국 소리에 낯설게 짖지만
변소까지 길만 트고
얼른 방으로 들어왔습니다

창문 활짝 열었는데
그 소리에 놀라 달아나는 고라니

고라니가 달아난 눈밭에는
금세 흔적도 없어졌습니다

바람이 다녀간 것처럼

흘러 흘러

엎어져 있다가
누워 본 하늘이
슬금슬금 도망쳤습니다

엎드려 있다가
고개 들어 본 하늘이
살금살금 다가왔습니다

눈 감아 하늘을 보았습니다

숨겨진 은하수
잃어버린 하얀 쪽배
계수나무, 토끼 한 마리

돛대도, 삿대도 없이

서쪽 나라로
흘러, 흘러갑니다

서쪽 나라로

바람이 사는 숲

무슨 소린지 잠에서 깨었는데
다음 기척이 없어
한참을 궁금해 하다가
창문을 열었습니다

잣나무 사이로 며칠 안 된 달이
서산을 넘어가고
우수수 쏟아져 내린 별이
산뽕나무 가지에 붙어
봄바람을 타고 있습니다

아직 호박잎이 나지도 않았는데
밤바람이 전혀 차지가 않은 것이

꽃단장 지우지도 못한 채
서둘러 떠나는 골짜기에
철모르는 게 바람인지
호박씬지 모르겠습니다

바람이 사는 숲이 더워지면
사람이 사는 거리가 더러워지나요?

제 사는 근처 동강에선
신식 뱃놀이가 한창이고
서강 기슭엔 서울 못지않은 네온이
그 화냥끼를 흘리고 있습니다

위성사진으론 실감이 없지만
달에서 보는 지구별이
그렇게나 아름답다 합니다

숲에서 보는 달은 또 어떻습니까?

동 트는 새벽

새소리 나뭇잎 소리 개구리 소리
가끔 홰치는 닭 울음소리 듣다가
자리에서 일어났습니다

지난밤 비 그치고
바쁘게 바람을 타는 구름 사이로
동트는 새벽입니다

마루와 함께 염소꼴 베고
닭장에 모이 주고
알 여섯 개 꺼냈습니다

약쑥이 벌써 무릎까지 자랐고

도랑에는 물이 불어
제법 개울물 소리를 내고 있습니다

식전 댓바람
질척이는 개울 길을 돌아왔습니다

당신

달이 지면
별이 뜨면

나무는 나무대로
당신은 당신대로
나는 나대로

꽃이 피면
낙엽 지면

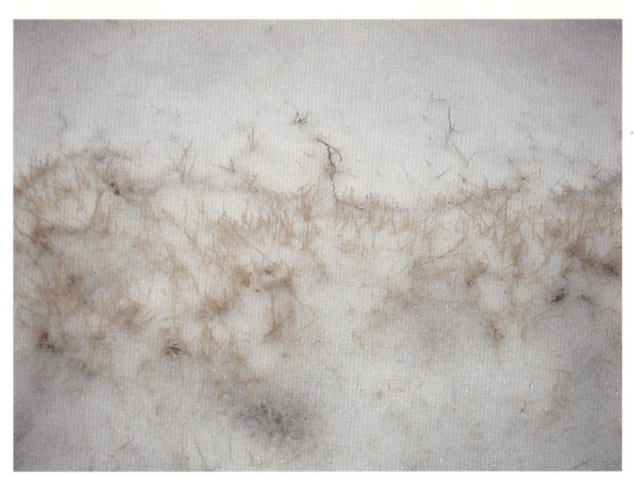

그리고 바이칼

밀레니엄이라고
세상이 호들갑을 떨 때
아내는 킬로만자로 가고 싶다고
나는 히말라야 '야크'가 보고 싶다고

병원에 다녀와서 또
아내는 킬로만자로 가고 싶다고

그래, 서둘러서 가자
킬로만자로, 히말라야
그리고 바이칼에도 가야지

김형주에게

아버지다

아버지도
어리석고 헤매돌았다

그래서 괜찮다

명심할 것은
너에겐 어머니, 아버지
그리고 할머니, 할아버지가 있다

원주, 칠봉산 아래

할아버지의 어머니, 아버지
할아버지의 할머니, 할아버지가 있다

몸 조심 해라

고맙고 반갑습니다

꽃 소식이 한창인 남녘이지만
치악산 산 벚나무 가지 끝엔
봉오리만 뾰족합니다

산개구리가
샘가에 알 슬어 놓고 아우성인 것이
무슨 기별이 있을 것만 같습니다

텃밭에 뿌려 놓은 파씨가
바늘처럼 솟았습니다
매발톱, 술패랭이, 며느리밥풀꽃
남보라빛 붓꽃을 살피다
얼어 죽은 줄 알았던 감나무에
새순이 돋아 얼마나 반가웠는지

지난 달 함께 옮겨 심었던
대추, 살구, 호두, 매실나무는
새순이 잎새로 자랐는데
감나무에 소식이 없어
속으로만 서운해 하던 참이었습니다

채마 밭뙈기엔 상추, 치커리보다
먼저 알고 나온 달래, 냉이며
고들빼기가 고맙고 반갑습니다

우화羽化 하나

구름 속에서 들락거리던 달이
바다로 간, 해 안부를 묻고
몇 개 별, 소식 전하며
보드카 스테인리스 잔으로 들어와서
개구리, 맹꽁이 사연에 취해
쥐 긁는 소리마저 장단삼아
쇠똥 잎새로 이슬 구를 때까지
굼벵이 날개다는 소문을 퍼뜨렸습니다

우화羽化 둘

이른 아침, 파리 두 마리가 기세 좋게
잠자는 사람을 깨웠습니다

귀찮은 손짓에도 겁 없이 윙윙대는 배포라니
기어이 파리채를 잡을 때까지
허벅지와 무릎 사이를, 콧잔등과 이마 위에서
자결이나 할 듯이, 날고 기면서
꽃 피는 봄날을 만끽하였습니다
딱, 원 히트 투 다이

신문지에 싸서 화장(火葬)을 하고
변소로 갔더니 구더기들이 구물댔습니다

구더기가 파리 되고
배추벌레 나비 되고
굼벵이가 매미 되나요?

안개우화

며칠 덥더니
한밤중에 내리던 비는
저녁에야 그치는 척 합니다

덕분에 편안한 하루지, 싶었는데
전화 한 통에 불편한 심사라니

세상이 거칠게 대듭니다

조신하게 살고 싶은데
맘대로 안 되는 건
동기니, 과정이니, 의미가 아니라
팔자소관으로, 유전자적 갈망입니다

초록일색인 골짜기에
흩어지는 뿌연 안개
이슥해서야 날개 달고 올라갔습니다

새알

땡볕 아래 밤꽃만이
예의 냄새 풍기며 화들짝
나무 그늘로 갈거나
뒤란 응달로 가야지

김 오르는 모자 벗어
오디 따고 산딸기 따다
푸드득, 소리에 깜짝

날아간 새, 멀리도 못가고
잣나무 가지에서 가지로
아하, 새알

껍데기 깨고!
부리 내밀어!
날개 흔들어!

비무장지대에서
수류탄 까고
총질하는 군바리에게

바람이 스쳤는지

누가 또 올무를 놓았나
고라니가 올무에 걸렸습니다

간격을 두고 지르는 목 쉰 비명이
한밤중 적막을 가르며
잣나무 숲속에서 떨고 있습니다

밤새껏 고스란히 신음소리 들었습니다

동틀 무렵 선잠에서 깨어나
얼른 창문 열어 산등성이 쳐다보는데
간밤에 아무 일 없었다며
골바람 잠재우고
새벽안개 고요합니다

바람이 스쳤는지
상수리나무 마른 갈잎 하나가
미련도 없이 떨어지고 있습니다

기척도 없습니다

자리에서 뒤척이다
동틀 무렵 일어나 부지런을 떨었습니다

장작 패서 아궁이에 불 지피고
하우스에 들러 무시래기도 널었습니다

도랑 건너 샘가에서 목 축이다
제 그림자가 담겨 있는 그 속을 들여다보는데
도토리나무 가랑잎만 쌓여있고
아무런 기척도 없습니다

"봄 준비를 하자면, 마음 편히 내버려 두라"는
아랫마을 어르신 말씀을 잊고

제가 수선을 피웠나 봅니다

때 되면 도룡뇽 알 까놓고
고라니 물 마실 오겠습니다

어느 결에

개구리 알 슬어 놓고
도룡뇽 알 까놓았습니다

복실이, 세 마리 새끼 낳아서
어미 노릇에 밥 때도 몰랐습니다

샘가엔 배설의 기쁨이
고라니, 물만 먹고 간 게 아니었습니다

진달래 곁에서 물오른 버들강아지
아기 순을 내밀고 가지 끝을 세웠습니다

어느 결에
봄이였습니다

오래 산 밤나무

기슭에서 도토리 줍다가
마른 하늘 벼락 치는 소리에 놀랬습니다

사태 나는 소리 요란하더니
언제였냐며, 바람만 스쳐갑니다

건너, 소리 냈던 골짜기에는
밤송이를 다 떨군 오래 산 밤나무가
제 몸을 반으로 갈랐습니다

살 만큼 이승 살았으니
제 힘으로 저승 가는 길에

하늘은 새파랬습니다

물었습니다

더덕 캐러, 송이 따러, 도토리 주우러
토끼몰이 하러 오신 이들이
영락없이 혀를 차셨습니다
어느 세월에 담 쌓고 집을 짓느냐고

제가 저에게 아홉 해를 물었습니다

견딜 만 하느냐고
지치진 않았냐고

불알친구

불알친구라고 하잖습니까
십여 년 승려생활 하다가
지금은 고등학교에서 선생을 하고 있는데
이 친구가 내게 이름을 하나 지어 보냈습니다

「白庵」이라고 '庵'자가 부담스럽다고 했더니 '軒'자로 고쳐
도장까지 세 개나 파서 소포로 부친 겁니다. 사연과 함께.

白軒 先生
그새 눈은 얼마나 더 왔는지
온 눈은 그새 치워졌는지
天白, 地白, 樹白, 屋白, 天地白하더니
그 속에 사는 사람 또한 하얗습니다.

'白雲茅軒(백운모헌)'
'白雪蘆軒(백설로헌)'
—'흰 구름 떠다니는 곳 따로 엮어 놓은 허술한 집'
'흰 눈 내리는 산중의 갈대로 인 초라한 집'—
이 정도로 뜻은 해놓고

'白軒'이라는 말뜻이 또 '꾸밈이 없는 집'
'소박한 집' '거짓이 없고, 깨끗하게 사는 집' 등등
암튼 뜻이 선생의 분위기와도 썩 잘 어울립니다.
글씨, 전각 공부하는 친구가
돌에 새기어 낙관을 만들었으니 애용하시랍니다.
돌에 새긴 '白'자 밑에 너 댓개 작은 점이 있는데
나중 혹 거슬리거들랑 파내 없애버리십시오

頭印에 새긴 '사무구(思無垢)'
측면에 '爲白軒先生 囑白耕 弄石齋主 刀'
다른 돌 옆면에 새긴 글은 '湛玄 刻',
'辛巳 冬 徐東國 刻'이라고 새겨 있습니다.
돌도 서울서 가져온 고급 돌이라고 하고
이래저래 귀한 이름, 훌륭한 낙관이 됐습니다그려.
혹 나중 한글 낙관이 필요하면 또 연락하기로 하고
눈 펑펑 내리는 날 밤

눈을 못 이겨 분질러지는 나뭇가지(雪害木)
그 소리를 듣고 싶습니다.
늘 독야청청하시길 빕니다.

白雲耕田 띄움

친구 놈 새롭게 사는 꼴을 보고
격려하고, 염려하는, 배려려니 고맙게 받았습니다.
철들어 살면서 '思無邪'를 염두에 두었는데
'思無垢'라니, 그렇게 살기로 애쓰겠습니다.

새해
건강하십시오

羽化峙에서 金白軒입니다.

—사진은 고추밭을 갈다가 세상 구경하게 된 저 닮은 돌입니다.

거품 물지 않으며

78년 졸병 시절이었습니다
까라면 까고
군화가 힐렁하면 발을 맞추고
축구에서 지면 변소 뒤 집합은 자동이었습니다

텔레비전 뉴우스에선 부시라는 이가
'악의 축'이니 "정의와 평화"를 거품 무는데
나는 천장 서까래를 쳐다보면서
이십오 년 전 군대 시절을 기억했습니다

서까래엔 의외로 옹이가 많았습니다
나무에 옹이 진 것이 궁금했는데 참기로 했습니다
가슴에 붙박힌 생채기 같아서

미국인의 "정의와 평화"가
귓등에도 들리지 않는 것은 사족으로 대신하고
차라리 무기 거래의 부연(浮煙)이길 바랍니다

부시 씨에게 전합니다
내가 지금 거품 물지도 노여워하지 않으며
천장 서까래만 쳐다본다고

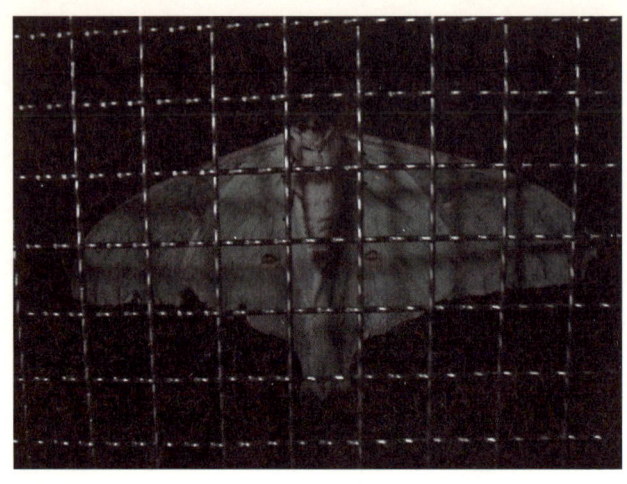

생경한 기억

서울 변두리 초등학교 시절이었습니다

청계천에서 쫓겨 온 시골에서 상경한
배고프고 고단한 1960년대
서울 철거민촌 논밭을 헤집고 놀았습니다

동네 깡패 형이 있었는데
욕설과 손찌검이 두려웠지만
여느 땐 군것질거리도 사주고
손짓 발짓 무용담이 부럽기도 했습니다

아버지와 함께 남대문에서
지게 품을 파는 친구 형이

무슨 영문인지 동네 깡패 형한테
무지 얻어터진 사건이 있은 후
우리는 동네 골목을 눈치 보며 다녀야 했습니다

며칠 후 깡패 형이 동네병원에
입원한 사변이 있었고
까닭은 면도날에 목젖이 그어졌다고 했습니다

다행히 깡패 형은 목 밑에 꿰맨 자국으로
여전히 골목을 활보하였지만
친구 형은 소식이 끊겼습니다

요즈음 아프가니스탄 뉴우스
"오사마 빈 라덴" 소식을 들으며
선뜻 초등학교 때가 스치고
친구 형 소식이 궁금해 졌습니다

까마득한 시절인데도
파편으로 박힌 기억이 생경합니다

느닷없는 여객기 굉음과 함께
아메리카 자본적 빌딩은 맥없이 무너졌지만
기왕에 한가위 연휴인데

푹, 쉬시기 바랍니다

3월 초하루

근면하고 검소한 섬나라
예의 바르고 친절한 사람들

김치를 기무치로
독도를 다케시마로
이름이야 느그들 맘대로지

두 손 비벼 간절히 비나이다

돈 많이 버시고
지진 조심하시길
더욱, 신종 쓰나미를!

천년 안부

늘 푸른 솔가지에 얼어붙은 눈송이가 달빛을 안고
섬유질로 켜켜이 저장된 생생한 사연을
기척도 없는 눈밭으로 연신 토해내며
내밀면 잡힐 듯한 별자리 향해

움직이는 것만 생물이 아니라고
보이는 것만이 증거가 아니라고
생물은 이미 썩어지고
증거는 벌써 사라졌다고

눈부신 기억과 천년 안부를 전하고 있습니다.

했습니다

콩 삶아지듯
곧추 선 소갈머리도 푹 삶아졌으면, 했습니다
엉겨 붙은 장작불에
붙박인 가슴옹이도 싹 스러졌으면, 했습니다

탁 탁, 장작 튀는 소리에 놀라 보니
가마솥에 콩 물이 넘쳐나고
얼른 솥두껑에 찬 물 끼얹고
기웃대는 마루에게
삶은 콩 몇 알 던져 주었습니다

나는 굶고
아내는 시레기국에 밥 말아먹고
산으로 갔습니다

하늘에 맡깁니다

비탈밭 콩으로 가마솥에 푹 삶아
메주 속이 아이 주먹만큼 젖게 말려서
토방 아랫목에 이불 덮어 띄웠더니
고초 곰팡이가 하얗게 피었습니다

항아리속, 짚불로 소독하고
메주 문질러 씻어 채우고
쓴 물 뺀 소금을 정한수로 녹여 붓고서
달군 참숯, 농약 안 친 고추 세 개
대추 세 알 띄웠습니다

그저,
장맛은 하늘에 맡깁니다

콩나물처럼

콩 중에 콩, 쥐눈이콩으로
콩나물을 길렀습니다

생각날 때마다 물 주었더니
까만 머리를 벗고
노란 머리를 내밀고 있습니다

동생이 늦장가를 들어
얼마 전 돌 잔치한 조카 놈이
뒤뚱대며 환히 웃는 모습 선합니다

콩나물처럼
쑥쑥 자랐으면 좋겠습니다

무릎에 손을 놓고

산 두릅 잘라와
물 부어 꺾꽂이 했습니다

이마적 지켜 보았더니
뾰족이 눈 내밀어
새싹으로 돋았습니다

방에서 싹 트고 밖에는 눈 오고
아직 겨울이며 벌써 경칩인데
무릎에 손을 놓고 눈을 감았습니다

이 가슴 무너져도 저이 가슴에……

바쁜 세상에

쥐눈이콩으로 콩나물 길러
콩나물밥을 했습니다

꺾꽂이해서 딴 두릅순
씻지도 않고 살짝 데쳤습니다

뒤꼍에 묻어 둔 김장김치
크게 썰어 담았습니다

초고추장, 양념장에
비벼 먹고 찍어 먹었습니다

바쁜 세상에
더딘 차림입니다

국수말이

저녁으로 먹은 청국장에
서리태콩밥이 가뿐했는지

섣달 긴 밤 한밤중에
며칠 안 남은 달이 기우뚱하면
궁금하고, 침이 고여
묻어 둔 김칫독을 엽니다

면발 쫄깃이 찬 물에 헹궈
참기름 몇 방울
검정 깨보숭이 살짝
김장국물 국수 말이

언제나
금생처음!

고두밥을 만들어

가마솥에 큰 시루 앉히고
비료 안 주고 농약 안 친 쌀로
고두밥을 만들어
자리 깔아 바깥 바람에
널어 말립니다

잘 띄운 누룩 고두밥에 섞어
정한수 붓고 정성으로 주무릅니다

항아리에 담아 헌 이불 덮어서
한 며칠 잊고 기다리면
저 혼자 부글부글 끓다가
제 풀에 지쳐 곰삭아집니다

나 몰라라 내버려 두었다가
용수 박아서 맑은 술도 맛보고
포대기로 치대어
막걸리로 퍼 먹습니다

어쩌다 술이 쉬어 버리면
소주 내려 먹습니다

어린 느티나무들

감기 끼를 눈치 못 챈 건 아니지만
아직 오십 전이고, 십 년은 가뿐하다고
내복은 무슨 내복이고, 장갑이냐며
홀가분히 대문을 나서는 게 아니었습니다

감기몸살 진단 받고
약봉지 들고 온 현재 상태

머리는 뭔 일로 열 받았는지
딱따구리가 정신없이 골 때리고
코 밑에선 무슨 사연인지, 내 추억의 아가씨 눈물 되어
하염없이 흐르고 있습니다
목젖에는 쇳내가 폴폴, 때깔 좋은 가래가

연이은 기침을 무던히도 더듬고 있습니다

약 보다 먹는 걸로 다스려야 한다는 아내 처방에 속아서
아랫배는 배배 꼬이고
아랫목은 절절이 끌탕인데
제 몸은 뒤집어 쓴 이불 속에서
달달거리고 있습니다

저녁나절 간신히 신발 끌고 나와 보니
헐벗은 어린 느티나무들

삭풍에 곧추 서 있습니다

내 기억의 아가씨

술타령을 하였습니다

개구리 입 떴는데 눈 오신다고
날궂이 하자고 모여들었습니다

저녁 식사로 시작된 간단한 술자리였는데
오랜만에 떠들며 마시는 술이
입에 붙고 속에서 받는다며
십팔번에서 스무 몇 번까지
음주에 가무를 보태면서
찌그러진 둥근 달이 훌쩍 떴습니다

누군가 마을 안까지 데려다 주었습니다

백년 만에 처음이라는
무릎까지 쌓인 눈밭을
취중 걸음에도 씩씩하게 걷다가
숨 돌리느라 담배 하나 물었더니
아무리 뒤져도 불이 없는 겁니다
진작 못 끊을 담배라면
불이라도 소중히 간직해야 했는데

한 숨 몰아쉬며 하늘 보다가
내 기억의 아가씨 입술처럼

넘어지고 싶은 충동이 일어

양손을 주머니에 넣고 고스란히 자빠졌습니다

폭신한 눈밭이었습니다.
내밀면 잡힐 듯한 그 여인의 가슴이었습니다
아쉬움 흩날리는 눈발을 세다가
눈밭에 누워 눈을 감았습니다

내 유년의 기억은 또렷한데
청년의 기억은 깜깜합니다

이러다 잠들면 정말 잠들 것 같아
내 좋아하는 여자 십팔번
「삼포로 가는 길」을 목청껏 손 저어 부르며
무사히 집으로 돌아왔습니다

따뜻한 아랫목 이불 밑으로
조신하게 다리 뻗고 잠을 청하는데
아내는 모로 누워
잠들은 척 해 주었습니다

우화치

저희 사는 골짜기 이름이 '샛골'입니다.

치악산 동남편 해발 사백 미터 쯤됩니다
행정구역으론 원주에 속해 있지만
개울 건너가 영월이고
근처 저수지를 지나면 제천 땅입니다.

제 집 낙수물이 떨어지면
서마니강, 주천강, 평창강, 서강물이 되어
영월에서 단종 유배지 청령포를 돌아
정선 아우라지를 돌아서 온
동강과 합쳐집니다.

'남한강'이란 이름 얻어
단양 충주, 여주 양평을 지나
용대리 백담사를 거쳐 온 북한강을
양수리에서 만나
'한강'이라는 이름으로
서해로 흐르고 있습니다.

아는 이들이 제집으로 술 타령 와서는
'색꼴'에 오니 술 맛이 어떻다는 둥 농음(弄音)으로
'샛골'에 나보다 먼저 살고 있는
나무며 들풀들을 희롱하는 겁니다.

여러 번 참다가, 다행히 저 혼자 사는 골짜기라

'우화치(羽化峙)'라 이름 지었습니다.

제가 사는 곳을 '우화치'라 이름한 것이
소동파라는 이가 적벽에 놀러가
취중에 흥얼거린 우화등선(羽化以登仙)이 아니라
번데기가 벌레 되는 설레임이거나
아무데로 흐르는 개울물에 반영(反影)이고 싶어섭니다.

누군가 꽃이 폈다고 해서 보면, 꽃이 피어있었습니다
오줌 누러 나왔다가 고개 들면, 별이 떠있습니다.

문자적이고 합리적인 요령보다
길에서 쉬지 않는 나그네 문법으로 걸어가겠습니다.

나뭇잎 떨어지고 눈 쌓이는 겨울을 미리 준비하겠습니다.

추신
제 나이 마흔하나 되던 해
나라살림이 거덜 났다고 떠들썩할 때
대통령 뽑는다고 어수선할 때
십년 작정하고 골짜기로 들어갔습니다.

맨땅에 머리 박는 심정으로
이제 팔년 쯤 지났는데
아직 털어내지 못한 미련도 있으며
바람불면 눕는
들풀에게 배우는 요령도 어지간해졌습니다.

달도 없는 밤에는 공지선(空地線)만 선명합니다.

새

마당에 새 한 마리
이미 지쳐 걷지도 못해

방으로 데려와 구석에 두었더니
다가가도 눈 감고 졸기만

바깥에 다녀온 사이
창가에 올라 두리번거리다
사람 기척에 힘겨운 날갯짓만

몸 녹이고, 상처 아물면
맘 편할 때, 아무 때고 가시라

열어 둔 창문으로

꽁치 과메기

김이나, 미역에 싸서 먹으면
술안주로 그만이라는 메모와 함께
포항 사는 선배가
꽁치 과메기를 보내왔습니다

더덕 캐러, 송이 따러 갔다가
하우스 옆에, 굴뚝 곁에 옮겨 심은
엄나무, 두릅나무

새 봄
두릅 순, 다래 순, 엄나무 순이 피면
얼른 따서 부쳐드리겠습니다

춤추는 날에

기슭에, 비탈에 불 질러
감자, 옥수수 심어 먹던 우리들의 땅

옥토에 농약 치고 비료 뿌려
배 터지게 거둬들인 당신들의 땅

땅이 살아나
개울도 버러지도 사람도
하늘도 더덩실 춤추는 날에

생명과 평화
미친 듯 춤추는 날에

떠벌리다

서울 사는 친구가
벼르고 별러서 다니러 왔는데
옛날애기 떠벌리다
내친김에 족대 들고 나갔습니다

강바람이 귓볼을 때렸지만
지렛대로 바위 흔들어
잠자던 개구리, 쎄리, 꺾지, 퉁가리
모래무지 한 냄비 잡았습니다

큰 병으로 소주 몇 개 비운 사이
무지하게 밝은 달이 떴습니다

보름께인가요?

마루

출가는 아닐 테고
가출인지 외출인지
마루가 집을 나갔습니다

딱, 한 번 굶긴 적 밖에
바람난 암컷의 유혹일런지
아내는 온 동네를 헤맸지만
수소문 끝에 찾지를 못했다고

싫어서 나갔으면 할 수 없는 노릇
딴 주인 만나서 잘 먹고 잘 살아라
길을 잃었다면 견생사(犬生事) 다반사지
팔자려니 생각하고 재회를 기약한다

속 깊은 가출이거나
화려한 외출이기를

―하루 반나절 만에 동네 개 키우는 집에 묶여 있는 마루를 아내
가 발견했는데, 죽상이 되어 꼬리를 정신없이 흔들더랍니다.
순진한 놈이 동네에서 까불다가 봉변당할 뻔 했습니다. 짜식이…….

사막에서 외친들

개미들의 질서가
일사불란한 것만이 아니라며
신문에서 보았다고, 책으로 알았다고
함부로 말하지 마라

벌써 개울물은 해마다 줄고
올 겨울, 한 달을 내내 춥더니
느닷없는 봄바람에 조짐은
수상한 세월의 언질 아닌가

빙하가 녹아
태평양 어느 섬이 잠겨버린다고
세례 요한이 또다시

폭설로 덮인 사하라 사막에서 외친들
눈 하나 깜짝하겠나

늙은 인디언의 연설문은
여전히 책 속에서 뜨끔하고
겨울을 나려는 썩어질 몸은
장작더미로 쌓여 있고

방금 본 하늘엔
겨울별이 총총

문을 열어

빠끔히 들여다보지 말고
확, 문을 열어 문턱을 나서 보라
똥을 밟을 수도
눈물 흘리며 떠난 연인을 만날 수 있으니

쥐도 새도 모른다고
네가 한 일을 너는 모른 체 하지만
개가 웃고, 여물 씹던 소가 웃을 일이다

그렇다고
얼떨결에 문지방에 걸려 엎어지진 마라

즐거운 인생이라고

신나는 세상도 있으니

빨리 나오세요

자리 펴서 모기장을 내리고
볼 일 생겨 바깥으로 나왔더니
시끄럽던 개구리들
죽은 듯 잠잠하기만

떠드는 놈들이 귀도 밝은가?

뒷산 위에 별자리가 물구나무 서서
넘어가는 달을 배웅하고
굴비 엮여 매달려

가까운 달이 크고, 먼 데 별이 작아

아파트 값이 하늘로 솟았다지요?
빨리 나오세요, 곧 무너집니다

김장, 첫 번째

보름 전 김장을 했습니다

비탈밭에 거름을 안 했더니
배추 이백 포기래야 속이 안 차
시장 배추 반의 반밖에

아내는 입으로만
배추김치, 달랑무, 동치미까지
제 손발이 무던히 수고했습니다

항아리 세 개로 뒤안에 묻어 놓은 걸
점심참에 꺼내 왔는데, 짠 듯싶지만
더운밥에 싸 먹으니

그만입니다

김장, 두 번째

작년, 김장 무 배추 값이 턱도 없었습니다

갈아엎고 뽑아 버리는데도 품값이 든다며
그냥 가져가라는 아랫마을 어르신 말씀에
염치 불구하고 무 배추 공짜로 얻다시피 했습니다

고추 농사래야
밭 한 뙈기 설렁거렸는데
그래도 햇볕에 널어 말렸더니
열닷 근이나 되었습니다

양념 속에 굴 세 근 넣어
칠십 포기나 욕심을 부려서
뒤란 큰 항아리에 묻어 놓았습니다

요즘, 김장김치 한 포기
김치에 박아 놓은 무 한 덩어리로
입맛을 돋우고 있습니다

그렇다 치고

좀 풀리는가 싶더니, 다시 영하 십팔도
쌩쌩 부는 바람, 비탈에서 도랑으로

손가락 발가락은 왜, 끝만 시려운지

콩값이 작년보다 삼분지 이, 한 가마 십구만 원
기름값, 가스값은 오십 프로 올랐고

동네에서 걷어, 도시로 건네는
뼈 빠지고 피 같은 돈

작대기 짚은 어르신에 내가 왜, 죄송해야 하나

아, 노무현 씨
밭 갈던 두 분은 가셨다 해도
콩 값은 그렇다 치고

양극이와 남북이, 개혁이는 잘 크고 있습니까?

메리 크리스마스

무식하고 가난한 자에게
복이 있다고

동네에서 홀대 받다
대처에서 한 판 붙어

끝까지 저항하고
마지막에 순종했지

구유에서 십자가로
구태를 갈아엎는
아, 사랑과 평화

죽어도, 죽었어도
죽지 않았으니

메리 크리스마스!

또 다른 복음

지난밤부터 내리던 비는
아침 저녁 내내 처마 밑에서
지리한 소리를 내고 있습니다

온종일 장화 신고 좌우왕
바쁜 척만 하다가
아궁이에 군불 지피고
한참 동안 불구경을 했습니다

방학 때면 기차타고 외가집에 가
개울가 바위 들춰 꺾지 잡고
눈 쌓이면 토끼몰이며
잔소리에 지친 도시 아이에게

'내버려 두라'는
외할머니 역성은 또 다른 복음이었습니다

비 그치면 개울가에 앉아
물끄러미 물 구경하시던 외할머니
나도 쪼그리고 앉아 곁구경을 하였습니다

탁탁 튀는 장작 소리
착착 튀는 처마 물소리

삼 천 탑

묵은 밭에 돌 골라
돌탑을 쌓았는데
장맛비에 그만 무너졌습니다

무너진 돌탑
헐어 다시 쌓았습니다
그 곁에 두 개 더 쌓았습니다

돌탑 쌓는 심정
오죽하지 않으니
삼천 개 쯤 쌓아
당신에게 드리겠습니다

아니,

새해에 토정비결을 보았는데
이런 개 같은 경우가 있습니까?

춘풍낙화(春風落花) — 봄바람에 꽃이 펴도 시원찮은데,
꽃이 떨어진다?
궤상지육(机上之肉) — 도마 위에 고기라······.
설상가상(雪上加霜) — 자빠져도 마빡이 깨진다!

쯤, 읽다가, 이런 개······
토정비결을 패대기치고 일어섰습니다
비결이 아니라, 비수(귀신이 숫돌에 간 칼)였습니다

샘이 마르면 우물을 파는 수밖에

주문진에서

남자는 모래톱에서
밀려오는 파도를
여자은 등대에 기대어
바다 끝을 가르고 있었습니다

바다물새는 떼지어 날고
바다철새는 파도를 타면서
잠수끝에 기어코
숭어 한마리 올렸습니다

남자는 세상을 아쉬워 했고
여자는 세상을 그리워 했습니다

제철 문어, 소주 한 병
고마운 바다였습니다

132   쓰르라미 울어 울더니

하늘을 보아라

요란 떠는 테레비
현혹하는 신문에 빌붙지 마라

누군들
눈 있고 귀 있고
가슴 없을까

제 풀에 등 굽어 수구리지 말고
심장에 손을 얹고
피 도는 소리들어라
목덜미 빳빳이 쳐들어
하늘을 보아라

황금비가 다발로 쏟아지고
보석 박힌 호박이 덩어리째 구르고
물 먹은 벼락이 저만치 피해 가리니

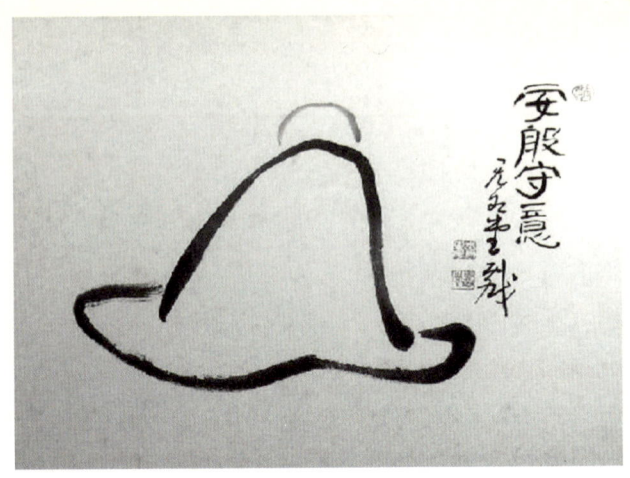

가시면서

어느 분이 가시면서 그랬습니다

"협동과 자치로 말미암아
생명과 평화의 길에 이르라."

교정을 마치며

긴 글을 썼다가
죄다 구겨버리고 다시 썼습니다

스무 살 때는 어리석고 헤매돌았습니다
서른 살에는 거칠게 싸돌아 다녔습니다
마흔 살에야 제 맘대로 씩씩하게 걸었습니다
쉰 살이 되었는데, 세상과 더불어 살 궁리를 합니다
예순 살이 되면 편한 인생이길 소망합니다

백경(白耕) 선생, 원향숙 선생, 최효심 선생 고맙습니다

앞산, 딱따구리에게도 안부 전합니다

그믐달 아래, 우화치에서
김 백 헌